Hans Fallada

Pechvogel und Glückskind

Herausgeber · Gunnar Müller-Waldeck

Hans Fallada

Pechvogel und Glückskind

Ein Märchen für Kinder und Liebende

Graphik von Werner Schinko

federchen

Im Himmelsblau tummelten sich sieben Federwölkchen. Sie lachten und kicherten und spielten Fangen miteinander, und eins war so übermütig, daß es über den Rand des blauen Himmelssees hinaushüpfte und hinunter zur Erde fiel. Es fiel nicht holterdipolter, wie Menschenkinder fallen – es fiel langsam und drehte sich neugierig zwischendurch hierhin und dorthin, sah bucklige Gebilde und blaue Seen und merkwürdige Klötze mit roten Kappen immer näher kommen, Berge, das Meer und Häuser. Und plötzlich war das Federwölkchen kein Federwölkchen mehr, es lag als Menschenkind in einer

Wiege, blau und rot bemalt. Die Wiege stand in einem Bauernhaus und sie gehörte der Stinemutter, die sich ihr Leben lang ein Kind gewünscht hatte, doch immer vergeblich. Nun war sie schon alt und hatte die Hoffnung auf ein Kind aufgegeben. Und gerade jetzt fand sie in der Wiege in der Schlafkammer ein niedliches kleines Mädchen mit grüngrauen Augen und goldbraunem Haar, gerade wie sie sich eins so sehr gewünscht hatte.

Sie nannte es Glückskind, weil es der Stinemutter und allen Menschen, mit denen es in Berührung kam, Glück brachte: Stinemutters Kuh brachte statt einem Kalb gleich zwei zur Welt, der Nachbar Hansen konnte wieder laufen und hatte doch drei Jahre nur in seinem Stuhl hocken müssen, weil er solche Schmerzen hatte, und Tante Rosas beste Henne, die den Zips hatte, wurde wieder gesund, nur weil Glückskind sie am Federschwanz gezupft hatte. Das Glückskind wurde groß und ein zierliches, feines Mädchen mit goldbraunen Zöpfen und lachendem roten Kirschenmund.

Es hatte einen leichten, fröhlichen Sinn, und das kam daher, weil es einmal ein Federwölkchen gewesen war, das im Himmelsblau Fangen gespielt hatte.

Eines Tages lag es wieder einmal auf seinem Lieblingsplatz unter den zwei Birken am Lechower Moor und guckte sehnsüchtig und nachdenklich zu den Federwolken am Himmel hoch. Es wußte zwar nichts von seiner Herkunft, aber in seinem Blut rührte sich heimlich und dunkel das Heimweh nach seinen fernen Geschwistern hoch oben am Himmelssaum.

Da fiel ein großer, dunkler Schatten auf das grüne Gras und Glückskind sah erschrocken zur Seite. Sie erschrak noch mehr, denn ein riesiger Vogel stand neben ihr, mit einem mächtigen Schnabel, den er jetzt auftat und sagte: „Hab keine Angst, Glückskind,

ich bin ja nur der Pechvogel. So nennen mich alle im Vogelreich, weil ich immer nur Pech habe. Ach, und ich hätte doch so gerne im Leben auch mal ein bißchen Glück – nur ein kleines bißchen."

„Wenn es weiter nichts ist", lachte das Glückskind, „so kannst du das gerne von mir haben. Ich hab ja soviel Glück, daß ich 'ne Menge davon abgeben kann. Komm, spreize deine Federn, ich schütte dir das Glück hinein."

Pechvogel riß vor Verwunderung seine traurigen Augen auf. Nu, so ein Mädchen! Verschenkte sein Glück, als wären es Borsdorfer Äpfel.

„Nein", sagte er, „ich spreize meine Federn nicht. So etwas kann ich nicht annehmen. Man kann nicht einfach sein Glück verschenken."

„Aber ich habe doch soviel, viel zu viel, glaube mir. Ich weiß gar nicht, was ich mit soviel Glück anfangen soll. Sieh doch mal, wie das Glück an mir hängt. Ehrlich, es wird mir einfach zu viel", versicherte das Glückskind.

„Wenn es so ist", sagte der Pechvogel, „wenn es wirklich so ist, dann müssen wir zwei mal genau nachdenken. Wenn du dein Glück abgeben willst, weil du zuviel hast, so bin ich bereit, es dir abzunehmen. Aber nur, wenn ich dir auch etwas dafür geben kann."

Pechvogel steckte den Kopf in sein Gefieder. Das tat er immer, wenn er nachdachte. Ach, er war ganz aufgeregt vor lauter Erwartung und Freude. Sein Leben lang hatte er sich danach gesehnt, glücklich zu sein und nun sah es beinahe so aus, als ginge ihm dieser Wunsch in Erfüllung.

Er schielte zu Glückskind hinüber. Sie sah es nicht, weil er ja durch sein Gefieder blinzelte. Was für ein niedliches, liebliches Ding, die Kleine. Sie hatte ein

himmelblaues Kleid an – das umstand sie wie eine blaue Glocke und auf dem Kopf trug sie eine schimmernde Krone aus goldbraunem Haar. Ihr Kirschenmund lächelte und jetzt sagte dieser Mund:
„Nun, hast du genug nachgedacht, Pechvogel? Darf ich dir jetzt ein bißchen Glück schenken?"
Ach, die Versuchung war für Pechvogel zu groß. Er sagte: „Wenn du es nun einmal so haben willst, du liebes, leichtherziges Ding, so will ich mein Gefieder spreizen und das Glück empfangen. Aber zuvor mußt du mir einen Wunsch sagen, den ich dir erfüllen will, wenn ich kann."
Glückskind legte den Finger an die zierliche Nase und dachte nach. Dabei fiel ihr Blick auf die Federwolken am Himmel. Und da wußte sie, was sie sich wünschen wollte:
„Ich möchte so gerne einmal da oben bei den Federwolken sein" sagte es schnell.
„Nichts einfacher als das", lachte Pechvogel. „Steig auf meinen Rücken. Ich fliege dich hinauf."
„Werde ich dir nicht zu schwer sein, Pechvogel?"
„Nein. Ich habe einen breiten, festen Rücken. Halt dich nur an meinen Halsfedern und habe keine Angst. Auch wenn ich mächtig schnell fliege. Wir müssen uns beeilen, damit wir zum Abendläuten wieder zurück sind."
Glückskind kletterte flink auf Pechvogels Rücken, kuschelte sich in sein dichtes Federkleid und sagte:
„Es kann los gehen, Pechvogel", und es umklammerte seinen Federhals.
Da erhob sich Pechvogel in die Luft und Glückskind jauchzte, so schön war es dem Himmel zuzufliegen.
Plötzlich aber war ein Brausen in der Luft, das immer stärker und heftiger wurde, es fuhr in Pechvogels Gefieder, schüttelte und rüttelte es, und das Glückskind

bekam große Angst. Eine Stimme aber schrie krächzend:
„Krah, krah, krähe, Pechvogel wehe, wehe! Krähe, krah, krah, Pechvogel bleib da, da!"
„O Himmel!" rief Pechvogel dem Glückskind zu, „das ist die Nebelkrähe, eine böse Zauberin."
Kaum hatte er das gesagt, fiel er schon wie ein Stein zu Boden. Glückskind war bei dem Aufprall nichts passiert, es war eben ein Glückskind und Pechvogels dickes Federkleid hatte den Sturz aufgefangen – aber der arme Pechvogel! Er hatte sich ein Bein gebrochen, hockte traurig neben Glückskind im Gras und stöhnte: „Bin ich nicht ein rechter Pechvogel, Glückskind? Und ich fürchte, ich werde dir auch noch Pech bringen."
Glückskind sah ihn mitleidig an.
„Das sollst du nicht sagen, lieber Pechvogel. Und ich glaube, ich habe dir schon ein wenig Glück gebracht. Du hättest dir ja auch beide Beine brechen können, nicht? Oder auch den Flügel. Es macht nichts, wenn dein Bein kaputt ist. Ich werde es dir schienen. Die Hauptsache ist, du kannst fliegen."
Glückskind holte einen Birkenzweig und schiente Pechvogels Bein. Pechvogel sagte:
„Ach, mir ist so wohl in deiner Nähe, Glückskind, so wohl!"
„Mir auch in deiner", sagte Glückskind verschämt. „Aber nun spreize dein Gefieder, damit ich das Glück hineinschütten kann."
„Aber ich kann dir ja gar nichts dafür geben, Glückskind. Wegen der Nebelkrähe hab ich dich doch nicht zu den Federwolken fliegen können."
„Vielleicht ein andermal", sagte Glückskind, fuhr schnell mit den Händen in die Taschen ihres himmelblauen Kleides, holte zwei Handvoll Glück hervor

und schüttete sie in Pechvogels Gefieder. Dem armen Pechvogel wurde auf einmal leicht und froh ums Herz, so leicht und froh wie noch nie in seinem Leben. Er schüttelte sein Gefieder, damit das Glück tief bis an seine Vogelhaut käme.

„Ich danke dir, liebes Glückskind, ich danke dir", sagte er leise. „Bitte warte auf mich bei den Birken. Ich werde wiederkommen. Gewiß komme ich wieder."

Dann hob er sich mühsam in die Luft – das Starten mit dem geschienten Bein war schwierig – und flatterte mit schwerem Flügelschlag davon. Davon und zurück ins Reich der Nebelkrähe, der er hatte davonfliegen wollen, als er von dem sonderbaren Mädchen gehört hatte, das Glückskind hieß und allen Lebewesen angeblich Glück brachte. Nun, er hatte Glückskind wirklich gefunden, und es war so lieblich und fein, wie die Leute gesagt hatten – auch so gutherzig und hilfsbereit. Aber er hatte nicht bei ihr bleiben können. Die böse Nebelkrähe hatte ihn wohl durch ihr Zauberfernrohr beobachtet und entdeckt, daß er mit Glückskind zu den Federwolken fliegen wollte ...

Die Nebelkrähe empfing ihn mit viel bösem Gekrächze. Pechvogel ließ alles geduldig über sich ergehen. Das wunderte die Nebelkrähe, denn früher war er auch oft zornig und böse geworden, wenn die Nebelkrähe auf ihm herumgehackt hatte – sehr böse und zornig. Er stammte schließlich nicht von den zarten Federwolken ab, wie Glückskind – sein Nest war in der Erde des Krähenreiches und er hatte tagaus, tagein in dieser Erde nach Würmern und Engerlingen und blinden Mäusejungen gejagt. Und alles hatte er der habgierigen Nebelkrähe bringen müssen, die, was sie nicht selber fressen konnte, in der Krähenburg geizig verwahrte.

Er wäre so gerne geflohen, der arme Pechvogel, aber

die Nebelkrähe war über alle Maßen wachsam und verfügte auch über besondere Zauberkräfte, mit denen sie Pechvogel in ihrem Reich festhielt.

Das wußte Glückskind nicht, und so saß es Tag für Tag bei den Birken am Lechower Moor und wartete auf den Pechvogel. Keinen Augenblick zweifelte sie daran, daß er kommen würde – denn, hatte er es nicht versprochen?

Und Pechvogel unternahm auch wirklich zweimal den Versuch, aus dem Reich der Nebelkrähe zu entfliehen. Doch kaum war er in der Nähe der Grenze des Krähenreiches, erspähte sie ihn und holte ihn aus der Luft zurück – wie damals, als er mit dem Glückskind auf dem Rücken unterwegs zu den Federwolken gewesen war. Aber was ihm damals passiert war – das mit dem gebrochenen Bein – passierte ihm nicht wieder. Die Nebelkrähe wunderte sich, daß er immer weniger Pech hatte – er brach sich kein Bein mehr und keinen Flügel und fand überall Körner und Futter, wo er auch suchte. Das machte das heimliche Glück in seinem Gefieder.

Da es ihm jetzt besser ging als die Jahre vorher, die Nebelkrähe zufrieden all die Körner und Engerlinge und sonstige Beute entgegennahm und verwahrte und deshalb nicht allzu böse mehr zu ihm war, hätte sich Pechvogel vielleicht doch eines Tages mit seinem Schicksal abgefunden. Aber da waren die Glücksflocken auf seiner Vogelhaut, unter dem Gefieder. Sie machten ihn glücklich und sehnsüchtig zugleich. Und mit jedem Tag wuchs Pechvogels Sehnen nach dem lieblichen Glückskind, bis er nicht mehr anders konnte und zum dritten Mal zur Flucht rüstete. Diesmal wollte er ganz vorsichtig und schlau sein.

Sein Bein war geheilt, also konnte er mit ihm auch wandern. Die Nebelkrähe würde sicher immer nur den

Himmel mit ihrem Zauberfernrohr beobachten – sie würde nicht annehmen, daß er den weiten Weg zu den Lechower Birken, unter denen Glückskind auf ihn wartete, zu Fuß antreten würde – nein, das traute sie dem ungeschickten, schwerfälligen Pechvogel nicht zu. Aber gerade das hatte er vor.

Zunächst trainierte er fleißig das Laufen, damit seine Beine kräftig würden. Und dann säuberte er sorgfältig sein Gefieder, damit er leicht und schnell wandern konnte. Aber ach, leider stäubte dieser Pechvogel neben einer Menge Staub auch viele Glücksflocken – doch davon merkte er zunächst nichts.

Er wanderte klipp und klapp auf seinen Krähenbeinen durch das Krähenreich. Einige Male kam er in Versuchung, sich in die Luft zu schwingen – glücklicherweise erinnerte er sich aber rechtzeitig an Nebelkrähes Fernrohr.

Er war zur Abendzeit aufgebrochen, und als der blasse Mond als Sichel hinter den alten Weiden verschwand, kam er endlich zum Fluß „Holüber". Der Mond tauchte in ihm ein und Pechvogel dachte: Ach, wenn ich doch auch so untertauchen und ans andere Ufer schwimmen könnte.

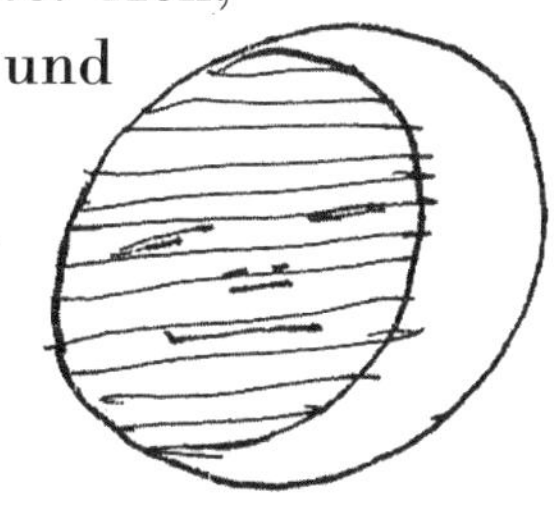

Weil das nicht ging, hockte er kummervoll am Ufer und wartete, er wußte selbst nicht auf was. Da schimmerte das Mondgesicht aus dem Flußwasser und flüsterte:

„Steige in meinen Kahn, ich bringe dich hinüber."

Der Fluß „Holüber" verhielt seinen Wellengang, daß Pechvogel schnell in den Mondkahn steigen konnte und sicher über das dunkle Wasser kam. Am anderen Ufer sagte der Mond:

„Grüße Glückskind von mir, wenn du es wirklich schaffen solltest, zu ihr zu kommen. Aber ich glaube es nicht recht. Du bist ein gar zu ungeschickter Kauz." Solche Reden hörte der Pechvogel nicht gern, aber er mußte zugeben, daß er wirklich nicht immer sehr schlau und geschickt war. Aber bis jetzt war ja alles gut gegangen.

In diesen Tagen ging das Glückskind nachdenklicher als sonst umher, und ihr federwolkenleichter Sinn war nicht mehr so leicht. Sie dachte an den lieben, tolpatschigen Pechvogel und hoffte, daß ihn die Glücksflocken, die sie in sein Gefieder geschüttet hatte, ein wenig frohgemuter machten. Wenn sie unter den Birken am Lechower Moor saß und an ihn dachte, meinte sie manchmal, er wäre bei ihr – so verbunden fühlte sie sich ihm. Heute war sie wieder unterwegs zu den Birken. Es schien die Sonne am Himmel und lachte die Erde an – die Erde mit ihrem grünen Sommergras, dem rosa Heidekraut und den roten Vogelbeeren am Weg. Glückskind hüpfte und lief den Weg entlang und sang dabei:

„Wohin fliegst du, Vögelchen?
Übers weite Land
flieg ich zu dem Liebsten hin
bis auf seine Hand.
Wohin schwimmst du, Fischlein?
Durch den dunklen Fluß,
schwimm ich zu dem Liebsten hin,
bis vor seinen Fuß.
Wohin springst du, Hirschlein?
Über Berg und Tal
spring ich zu dem Liebsten hin,
grüß ihn tausendmal."

„Du singst aber schön", sagte eine Stimme. Sie gehörte dem Dichter, der im Nachbardorf am Ende des Lechower Sees lebte.

Glückskind hatte schon von ihm gehört und jetzt sah sie ihn neugierig an, denn sie hatte noch nie einen Dichter gesehen. Der aber war in tiefen, traurigen Gedanken, denn er hatte eine Geschichte zu schreiben angefangen und plötzlich war ihm der Faden ausgegangen, er wußte absolut nicht, was er erzählen sollte. Dabei warteten die Leute auf die Geschichte und drängten ihn, sie zu Ende zu schreiben. So war er am Lechower See entlang zu den Lechower Birken gegangen, um den drängenden Leuten zu entwischen. Als er das Glückskind singen hörte, war ihm schon ein wenig wohler zumute und als es nun vor ihm stand und ihn freundlich ansah, wurde ihm noch wohler – wie allen Menschen, denen das Glückskind begegnete. Am wohlsten aber wurde ihm, als das neugierige Glückskind ihm die Hand reichte und guten Morgen sagte, wie es ihm die Stinemutter eingetrichtert hatte.

Vielleicht waren bei der Berührung ein paar Glücksflöckchen an des Dichters Fingern hängen geblieben – jedenfalls begannen seine Finger zu kribbeln und zu krabbeln – er konnte nicht schnell genug den Schreibblock und den Bleistift aus der Tasche ziehen – so sehr drängten die Finger zu schreiben und zu schreiben.

Wo er gerade stand, ließ sich der Dichter nieder. Leider gerade in einen Ameisenhaufen und die Ameisen zwickten und zwackten ihn – er merkte es nicht. Vielleicht waren daran auch die Glücksflocken schuld, vielleicht war auch eine an seiner Kehrseite hängen geblieben?

So saß also der Dichter, einen Steinwurf von den Birken entfernt, unter denen sich das Glückskind räkelte und auf den Pechvogel, wie schon so oft zu warten begann.

Pechvogel wanderte – klipp und klapp – weiter durch das Krähenreich. Er kam zum Berg „Lebenshöhe“ und kletterte mühsam hoch. Oben angekommen rastete er und sah sich um. Vor ihm lag das Krähenfeld, riesig weit und ausgedehnt, auf dem er immerzu nach Körnern, Engerlingen und Sonstigem auf der Suche gewesen war. Er sah die Krähenburg – schon weit entfernt – und dachte an die vielen kummervollen Tage im Dienst der Nebelkrähe. Auf einmal hörte er neben sich ein Zwitschern: „Widewitt, kiwitt, Pechvogel flieg mit, flieg mit. Führ dich zu einer Prinzessin fein, die soll – kiwitt – dein Eigen sein. Widewitt, kiwitt.“
Es war ein glitzernder kleiner Vogel, der Abgesandte der Nebelkrähe, die den Pechvogel verführen wollte, in die Luft zu steigen, damit sie wieder Gewalt über ihn bekäme. Schon wollte sich der müde Pechvogel, ganz in Gedanken, in die Luft schwingen, da wisperte es im Rosenstrauch „Denkanmich“ neben ihm:
„Folg’ nicht dem Widewitt, trau ihm nicht, dem Widewitt. Führt dich zurück ins alte Weh, führt dich zurück zur Nebelkräh.“
Da rief der Pechvogel zornig:
„Verschwinde, du falscher Widewitt!“ Und er hackte mit seinem starken Schnabel nach dem falschen Glitzervogel, daß der schnell reißaus nahm.
Pechvogel hatte sich so aufgeregt, daß er wieder ganz munter geworden war und weiterstapfte. Nun ging es den Berg „Lebenshöh“ hinab. Das ging leichter als bergan, aber dann waren Felsbrocken da, die Pechvogel umgehen und Baumstämme lagen im Weg, die er überklettern mußte.
Als er gerade auf einem Baumstamm stand, hörte er ein Kichern aus der Rinde:
„Hihi, hihi! Seht euch doch diesen Pechvogel an. Kann fliegen und hüpft und stapft nur auf der Erde

herum. Sicher ist in seinem Kopf 'ne Schraube locker. Hat man so was schon gesehen – kann fliegen und tut es nicht. Stolpert über Stock und Stein, bricht gleich wieder sich ein Bein."

Die so kicherten waren die Borkenkäfer in der Rinde. Sie hießen „Buchdrucker", weil sie unter der Rinde, in weichen Bast des Baumes, verschnörkelte Gänge fraßen, die beinahe wie Buchstaben aussahen.

Hin und wieder hatte Pechvogel so einen „Buchdrucker" schon erwischt und aufgefressen. Aber die Käfer waren schlau und er war eben kein Specht, der auf das Jagen von „Buchdruckern" spezialisiert ist. Am liebsten hätte er die frechen „Buchdrucker" auf der Stelle gejagt und verspeist, aber der Baumstamm, den die Buchdrucker pisackten und benagten, brummte: „Laß sie in Ruh, lauf zu, lauf zu!"

Also klopfte Pechvogel nur dreimal zornig mit seinem Schnabel auf die Baumrinde und wanderte wieder weiter.

Längst stand die Sonne am Himmel. Sie lachte auch breit und fröhlich auf den beschwerlichen Felspfad, den Pechvogel gehen mußte. Doch während sich das Glückskind über die wärmende, lachende Sonne gefreut hatte, machte sie den armen, erschöpften Pechvogel noch müder und schwächer. Sie brannte auf sein Gefieder, daß er vor Hitze fast verging. Kein Wind fächelte ihm Kühlung zu und sehnsüchtig sah er zum Himmel hoch, wo der Wind wehte und die Wolken dahin trieb.

Aber er ließ sich durch den kühlen Wind dort oben nicht in Versuchung führen, der brave Pechvogel – er blieb auf dem Heideboden und stolperte weiter voran.

Jetzt wurde es feucht unter seinen Füßen. Und das bedeutete, daß das Moor in der Nähe war. Das Moor, an dessen anderm Ende die zwei Birken standen, unter denen Glückskind auf ihn wartete.
Die Feuchtigkeit unter seinen Füßen kühlte ein wenig und die Aussicht, bald beim Moor zu sein, beschleunigte Pechvogels Trippelschritte.
Und da war es auch schon, das Brackmoor. Pechvogel straffte sich und schritt gravitätisch in den grünschillernden Sumpf. „Geht ja ganz gut", sagte Pechvogel zu sich selbst. Die feuchte Kühle tat ihm wohl.
Aber das war nur am Anfang so. Je tiefer Pechvogel in den Sumpf kam, desto mühsamer ging es voran.
Als er zu den Wollgrasbüscheln kam, die so lockend aus dem Schlick leuchteten mit ihrem unschuldigen Weiß, da versank er bis zum Bauch im schwabbligen Moorgrund.
Er erschrak so, daß er aufgeregt zu krächzen anfing: „Ich versinke, ich versinke!"
„Wiedewitt, kiwitt, geschieht dir recht, geschieht dir recht!" kreischte es von einem wippenden Schilfrohr. Dort saß der Glitzervogel und sah genüßlich zu, wie sich Pechvogel abplagte, die Füße aus dem Schlick zu ziehen.
Da neigte sich das Schilfrohr tief zum Moor, daß der Glitzervogel auffliegen mußte und Pechvogel das Schilfrohr mit seinem Schnabel erreichen konnte.
„Das Wollgras mußt du meiden, geh immer nur neben den Weiden" riet das Schilfrohr freundlich und Pechvogel befolgte den Rat. Er hüpfte und sprang von einer Sumpfweide zur andern, und er kam gut voran. Inzwischen war die Sonne untergegangen, und der Mond kam wieder heraus. Aber was war das?

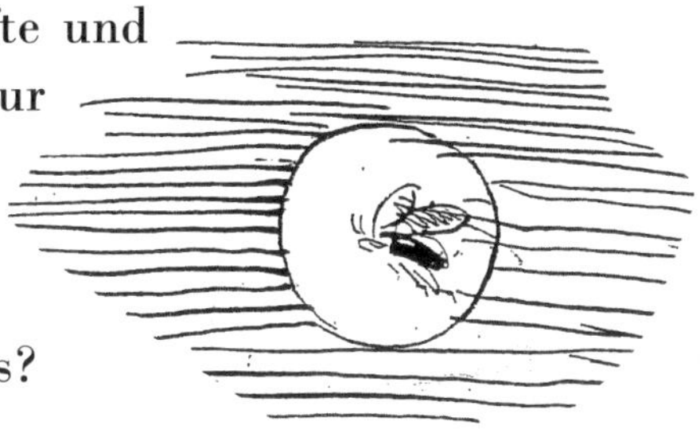

Da drüben flackerte etwas, hell und freundlich. Freilich nicht bei den Weiden, sondern dahinter. Sollte das etwa Stinemutters Haus sein, in dem Glückskind vielleicht schon in seinem Bett lag und schlief? Natürlich war dieses Licht nicht die Lampe in Stinemutters Haus, sondern ein Irrlicht, von der Nebelkrähe angezündet. Und unser Pechvogel tappste darauf zu. Und – plumps – lag er wieder einmal im glitschigen, schwarzen Brackwasser. Zum Glück konnte eine brave Weide ihre Wurzeln noch ein wenig strecken und recken, so daß Pechvogel sich an ihr hochziehen konnte. Da saß er nun und war den Tränen nahe. Aber es war nicht allein sein Mißgeschick wegen des Irrlichts, das ihn plötzlich so traurig und mutlos machte – es waren schwere, trübe Gedanken, die ihn befielen.

Er dachte:
Ich nehme so viel Ungemach auf mich – wird es mir Glückskind vergelten? Es ist so fein und leichten Sinnes – wird es meiner nicht bald überdrüssig werden, weil ich nur ein plumper, schwerfälliger Kauz bin, wie der Mond ganz richtig gesagt hat? Ich habe mein Leben lang nur in der Erde gewühlt – wie, wenn sich das Glückskind von mir abwendet und einen fröhlicheren und lichteren Gefährten sucht, der besser zu ihm paßt?

Pechvogel wußte nicht wie ihm geschah, daß er sich auf einmal mit solchen Zweifeln herumschlagen mußte. Als er die beschwerliche Fußreise zu den Birken am Lechower Moor antrat, war er doch voll Hoffnung und Zuversicht gewesen.
Ja, das kommt davon, wenn man vor lauter Pedanterie aus dem Federkleid nicht nur den Staub und die Läuse, sondern auch die Glücksflocken stäubt. Jene Glücksflocken, die Treue, Liebe, Mut und Selbstlosigkeit heißen.
Das Glückskind saß immer noch unter den Birken und sah in den Himmel. An die Schwestern, die Federwolken, dachte sie nicht. Sie sah nach einem schwarzen Flügelpaar aus, in dem goldene Glücksflocken leuchteten, nach Pechvogels Flügelpaar.
Und einen Steinwurf weit saß auch immer noch der Dichter. Bekritzelte Briefbogen lagen um ihn herum und der spitze Bleistift huschte weiter emsig von links nach rechts über die Seiten. Die Gedanken purzelten nur so aus seinen Fingern, daß die vom vielen Schreiben schon wund waren und schmerzten.
Und dem Glückskind taten die grüngrauen Augen mit den leuchtenden Funken darin auch schon weh vom ewigen Ausschauhalten nach einem, der nicht kommen wollte. Es schloß sie ein bißchen. Da hörte es ein zartes Flöten und öffnete sie wieder. Ein kleiner Glitzervogel saß zu Glückskinds Füßen und zwitscherte:
„Wiedewitt, kiwitt. Schau ins Abendrot. Pechvogel ist tot, ist tot …“
Da wurde Glückskinds Herz so schwer, daß es wie ein Stein in ihrer Brust lag. Und sie begann zu weinen. Die Tränen tropften in ihren Schoß und verwandelten sich in drei Rosen. Es waren aber keine gewöhnlichen Rosen, sie stammten vom Rosenstrauch „Denkanmich“ und flüsterten:

„Trau nit dem Wiedewitt, trau ihm nit, trau ihm nit. Dein Pechvogel lebt, lebt, auch wenn er nicht in den Lüften schwebt."
Da trocknete das Glückskind die Tränen und fragte die Rosen:
„Wo ist er denn, wenn nicht in der Luft?" Die Rosen flüsterten:
„Er wandert durchs Moor, durch Not und Pein, gar bald, gar bald wird er bei dir sein."
Da wandte das Glückskind den Blick vom Himmel ab und sah über das schillernde, dunkle Moor, in dem Irrlichter gaukelten und Wassergeister ihr Unwesen trieben. Es dachte:
„Der arme Pechvogel! Ich möchte jetzt nicht durchs Moor waten, zwischen Irrlichtern und Wassergeistern. Ach, der arme Pechvogel. Wenn ich ihm nur helfen könnte …"
Da hörte es eine süße Stimme über sich.
„Du kannst ihm helfen, Glückskind. Gib mir eine Botschaft für ihn!
Sag ihm, daß er doch fliegen soll – hoch in die Luft, in die Wolken hinein, da wird er gar bald, so bald bei dir sein."
Schon wollte das Glückskind der süßen Stimme diese Botschaft geben – da erkannte es – eben weil es ein Glückskind war, die böse Nebelkrähe, die nur ihre krächzende Stimme verstellt hatte. Sie saß auf einem Birkenast.
„Du bist die Nebelkrähe und falsch und böse", sagte es deshalb schnell.
Da nahm die Nebelkrähe ihre wahre Stimme an und krächzte:
„Sei gescheit, Glückskind, was willst du mit dem ollen, häßlichen Pechvogel? Du bist schön und fein und könntest jeden Prinzen freien. Pechvogel bringt dir

Unglück und Pech. Schick ihn weg, schick ihn weg!"
Das Glückskind rief:
„Dich schick ich weg, dich böse Nebelkrähe. Ich brauche keinen feinen Prinzen – ich bin ja selber fein. Ich will einen glücklich machen, der mein Glück braucht. Aber ich bin gar nicht so. Wenn du willst, so gebe ich dir auch etwas von meinem Glück ab. Doch den Pechvogel bekommst du nicht."
Die Nebelkrähe schrie wütend:
„Behalt dein Glück, du dummes Stück, behalt dein Glück!", schwang sich in die Luft und krächzte ganz schrecklich. Zuerst verstand Glückskind die Krähensprache nicht, aber dann hörte sie aus dem Gekrächze heraus:
„Krah, krah, krähe, Pechvogel wehe, wehe. Hier findest du kein Glück, kehr zurück, zurück!"
Und da sah Glückskind den armen Pechvogel im Moorschlick stehen, und er schickte sich gerade an, die Flügel auszubreiten, um mit der Nebelkrähe davon zu fliegen. Sein Glaube, sein Mut und Selbstvertrauen hatten ihn

verlassen, weil Schlick und Moor die Glücksflocken, die noch in seinem Gefieder waren, erstickt hatten.

Glückskind lief verzweifelt in den Sumpf und rief: „Tu es nicht, Pechvogel, flieg nicht zurück. Ich bringe dir Glück, so viel du willst."

Und sie watete zu Pechvogel hin und sank selbst immer tiefer in Morast und Moor ein, immer tiefer und tiefer. Aber sie kümmerte sich nicht darum. Sie hatte die Arme ausgebreitet wie Flügel und ruderte mit ihnen zu Pechvogel, der wie aus einem bösen, schweren Traum erwachte.

„Flieg!" kreischte die Nebelkrähe. „Sonst ersäufst du ja, du Dummkopf!"

„Tu es nicht!" schluchzte Glückskind und war auf eine Armlänge bei ihm. Die Nebelkrähe schlug und hackte mit ihrem scharfen Schnabel auf Glückskind und Pechvogel ein und schrie in einem fort.

Da wurde endlich der Dichter aufmerksam. Er erkannte Glückskind, das schon bis zum schlanken, weißen Hals im Moor stand. Und siehe da – dieser Dichter war nicht nur ein Schreiberling, er hatte auch praktischen Verstand. Und Kraft. Mit ho ruck brach er einen dicken Birkenast und legte ihn übers Moor.

„Zieh dich daran heraus, Glückskind", sagte er. „Schön langsam und bedächtig. Hab keine Angst, du schaffst es schon." Und das Glückskind hätte kein Glückskind sein müssen, wenn es sich nicht zu retten vermocht hätte. Zuerst aber half es Pechvogel auf den Ast. Der schüttelte seine verklebten Federn und wankte auf dem Ast dem Ufer zu.

Dann krabbelte Glückskind heraus.

Der Dichter war gar nicht verwundert, als er den großen schwarzen Vogel und das klatschnasse Glückskind sah, das diesen Vogel herzte und küßte. Der Dichter dachte nämlich, daß er eben immer noch in seiner

 Dichterwelt sei, wo dergleichen ohne weiteres möglich ist.

Glückskind und Pechvogel aber liefen naß und glücklich in die Zukunft.

Natürlich gab es in dieser Zukunft auch immer wieder Tage, an denen der glückliche Pechvogel auch mal sehnsüchtig zum Himmel starrte. Fliegen durfte er ja nicht, weil sonst die Nebelkrähe wieder Gewalt über ihn bekommen hätte.

An solchen Tagen kraulte Glückskind ihm das Gefieder und streute schnell ein paar Glücksflocken hinein. Und der Pechvogel hütete sich, die Flocken wieder pedantisch aus dem Federkleid zu schütteln. Im Gegenteil. Er plusterte sich auf vor Wohlbehagen und Stolz und Glücklichsein. Und niemand nannte ihn mehr Pechvogel. Er heißt nun landauf, landab der Plustervogel.

Glückskind und Plustervogel wurden sehr glücklich. Obgleich sie nicht die Schwestern, die Federwolken besuchen konnte und er auf das Fliegen im Sonnenschein und Wind verzichten mußte. Wenn sie sich gegenseitig in die Augen sahen, verschwand die Sehnsucht nach Federwolken und Wind und Sonne und zurück blieben zwei mutige, frohe Herzen …

NACHWORT

Es ist schon ein eigenartiges Geschenk, das im Februar 1939 der sechsundvierzigjährige Dichter Hans Fallada der jungen Marianne Portisch zum 19. Geburtstag überreicht: Ein selbstgeschriebenes Märchen, in dem sich eine Fülle von Elementen findet, die in Falladas Leben und in anderen Geschichten aus seiner Feder eine Rolle spielen. Das Schicksal dieses Manuskripts ist an sich wunderbar genug. Gemeinsam mit dem Romanerstling „Helenenhof" (Manuskript) der jungen Autorin wurde es 1944 dem Karlsbader Verlagsleiter Ernst Frank übergeben. Dem Romanmanuskript war im Übrigen eine zweiseitige Stellungnahme Falladas beigegeben, die der Debütantin den Weg ebnen sollte. Das Kriegsende kam, Frank musste flüchten, auch die in Mähren wohnende Autorin. Die Nachkriegswirren waren keine gute Zeit für Literatur, aber Marianne Wintersteiner hielt wenigstens eines Tages nach neuerlichem Zusammentreffen mit dem geflüchteten Verleger die beiden geretteten Manuskripte wieder in den Händen. Das war immerhin mehr, als sie erwarten konnte nach den Jahren des Krieges, der Flucht und des Elends. Ihr eigener Roman „Helenenhof" erschien schließlich viele Jahre später 1981 im Eugen-Salzer-Verlag Heilbronn und kam dann später bei Knaur in München als Taschenbuch heraus. Auch das Fallada-Märchen wurde von ihr auf dem Verlagsmarkt angeboten, aber der dafür ins Auge gefasste Inselverlag lehnte schließlich ab.

So schlummerte es bis in die neunziger Jahre im Schreibtisch der damals mit dem Manuskript Beschenkten, die es seinerzeit für die Erstausgabe in einem Greifswalder Verlag zur Verfügung stellte, damals noch un-

ter dem Pseudonym Annemarie Steiner. „Die kleinen Korrekturen im Märchen stammen von mir“ schreibt Marianne Wintersteiner …“ Das Original war auf dünnem Durchschlagpapier geschrieben, das schon sehr ramponiert war … Von Hans Fallada bekam ich seinerzeit zwei Exemplare, eines auf ordentlichem Papier in der kleinen Schreibmaschinenschrift seiner Maschine geschrieben. Das Original ging in meiner Heimatstadt Mährisch Schönberg mit allem anderen verloren, die Durchschrift wurde von Ernst Frank gerettet.“
(Brief an den Verf. vom Oktober 1993)

„Pechvogel und Glückskind. Ein Märchen für Kinder und Liebende“ von Hans Fallada. Da haben wir es nun vor uns liegen, dieses vierzehn Maschinenseiten umfassende Stück Prosa, als ein unerwartetes ‚Findelkind‘, und der erste Blick ist – wie bei einem solchen üblich – darauf gerichtet, ob die geläufigen Züge des (geistigen) Vaters ins Auge fallen. Zunächst ist es der Name, der den Märchenfreund stutzen lässt, und er schlägt nach im Märchenbuch des heute weitgehend unbekannten Autors Richard Leander (1830–1889), der eigentlich von Volkmann hieß und ein bedeutender Chirurg und Wegbereiter der modernen Orthopädie war. Als Generalarzt im Krieg 1870/71 im französischen Schloss Soisy einquartiert, schrieb er hier seine damals berühmte Märchensammlung „Träumereien an französischen Kaminen“, grazile, ästhetisch durchgearbeitete und trotzdem kunstvoll einfache Texte. Davon hat sich das Märchen „Goldtöchterchen“ wohl am längsten in Lesebüchern gehalten. Und in eben dieser zauberhaften Sammlung steht es dann schwarz auf weiß: Pechvogel und Glückskind. Es ist eine Liebesgeschichte, das Märchen von einem, der auszog, seine ewige Pechsträhne loszuwerden und dem die übermütige Prinzessin Glückskind ohne Umschweife einen Kuss gibt. Das steckt ihn mit Glückseligkeit an, aber bringt auch Verdruss („Du wirst morgen geköpft“, fuhr ihn der König an, „aber zuvor wirst du augenblicklich und vor allen diesen edlen und erlauchten Herren meiner Tochter den Kuss wiedergeben, den sie dir unüberlegterweise gegeben hat!“). Aber wie es im Märchen kommen muss: Der königliche Berserker wird zum lieben Schwiegervater: „Es ist nicht zu ändern, Gottes Wille geschehe; dies ist mein lieber Sohn, der König wird, wenn ich einmal sterbe.“ Ein Märchen voller ironischer Glanzlichter. Sollte Fallada hier außer der Übernahme des Titels – und dass er, der Belesene, den gekannt haben dürfte, kann angesichts dieses Bestsellers seiner Kindheitszeit getrost vorausgesetzt werden – sollte Fallada hier also ein Plagiat vorgelegt haben? Aber erfreut stellt man fest, dass es außer einigen beiläufigen motivlichen Anklängen kaum Übereinstimmungen gibt und dass vor allem der Grundton seiner Liebesgeschichte ein völlig anderer ist. Es unterlaufen hier – typisch für Fallada – „neusachliche Töne“, auch wenn es vielleicht das „konventionellste“ aller Fallada-Märchen genannt werden kann.

Aus dem Zauberreich einer düsteren Macht sucht der PECHVOGEL in diesem „Märchen für Kinder und Liebende“ zu entkommen, um unter dem Einfluss des GLÜCKSKINDES eine Lebenswende zu finden, eine Sehnsucht, die nach durchstandenen Mühen und arger Rupfung durch das Leben auch Erfüllung findet. Natürlich ist die Frage der persönlichen Glückssuche ohne Umschweife als vielleicht sogar d a s zentrale Motiv von Fallada-Romanen und Erzählungen auszumachen … Und dass der Pechvogel auftaucht, kann den Fallada-Kenner ebensowenig überraschen: Geläufig ist aus allen bislang vorliegenden Biographien, dass

Rudolph Ditzen selbst seit früher Jugend in der Familie als der große Unglücksrabe galt, der aufgrund seines linkischen Wesens alle Missgeschicke dieser Welt förmlich auf sich zog: Krankheiten, Unfälle aller Art, tragische Verwicklungen.

Wer es möchte, kann die Geschichte als einen simpel verschlüsselten Text lesen, der dann allerdings auf nicht mehr oder weniger hinausliefe, als die Schmeichelei eines reifen, in seiner Ehe gescheiterten Mannes für ein junges Mädchen, das ihm Verkörperung eines „zweiten Frühlings“ zu sein scheint. Die Gegebenheiten des Textes aber sind reicher und erschöpfen sich nicht in einer poesievollen Umschreibung einer tiefen Zuneigung, die Fallada damals offenbar zu der jungen Marianne Wintersteiner gefasst hatte. Vor allem ist der Pechvogel des Textes keine schlichte Verschlüsselung der eigenen privaten oder gar familiären Position, sondern meint offenbar ein Gleichnis für alle gescheiterten großen und kleinen Lebenspläne, und im Bild der Nebelkrähe verbirgt sich eine mythische Dimension, die auf „das Böse“ schlechthin verweist und für vielerlei Assoziationen offen ist.

Die Jahreswende 1938/39 war für Fallada eine Zeit der zunehmenden Konflikte nicht nur im häuslichen Bereich, sondern vor allem mit der Nazi-Politik und speziell auch der Nazi-Kulturbürokratie: Die „Reichskristallnacht“ im November 1938 hatte ihm – wenn denn überhaupt noch Illusionen über diesen Staat bestanden haben sollten – weiteren Anlass zur Depression gegeben. Er selbst war im selben Jahr als „Kulturbolschewist“ vom Amt Rosenbergs als potentieller Filmautor abgewiesen worden, und Goebbels hatte damals jenen berüchtigten Satz gesprochen, nach dem die Partei wüsste, was sie vom unsicheren Kantonisten Fallada zu halten habe. Der Verleger

Rowohlt wird Anfang Februar 1939 (vorübergehend) nach Brasilien emigrieren, sein Verlag gleichzeitig der unter Parteiaufsicht stehenden Deutschen Verlags-Anstalt Stuttgart per Zwang zugeordnet – wenn auch Rowohlts Sohn Heinrich Maria Ledig bis zur endgültigen Liquidierung des Unternehmens 1943 zunächst noch der Geschäftsführer bleibt. Die Verunsicherung des Schriftstellers Fallada ist jedenfalls Anfang 1939 eine allgemeine. Schon am 17. Oktober 1938 hatte er in einem Brief angemerkt: „... ich habe das Gefühl, als hätte ich alles geschrieben, was ich zu schreiben habe, und es gäbe nun nichts mehr für mich zu tun". Die Depression greift nach ihm – in einer ähnlichen Verfassung wird er viel später – nach 1945 – als Feldberger Bürgermeister in einem Widmungs-Exemplar für einen Feldberger Mitarbeiter unterzeichnen als „Exschriftsteller". Dieses Gefühl, am Ende zu sein, ausgeschrieben, künstlerisch erledigt ist ein existentielles, das ihn zutiefst erfasst und zur Flucht in den Sanatoriumsort Hohnlychen treibt. Jedenfalls haben wir in diesen Monaten nicht die absolute Übermächtigkeit eines Ehekonflikts zu konstatieren. Den ging der Schriftsteller damals eigentlich bereits mit einer gewissen „Routine" an. Das „biographiegewordene", oft beredete und zuweilen zerredete familiäre Konfliktpotential bettet sich in diese allgemeinen Düsternisse der Zeit lediglich ein und ist nicht d e r Ansatzpunkt Falladaschen Fühlens und Schreibens jener Jahre. Insofern dürfen wir hinter dem „Reich der Nebelkrähe" im Märchen eine Metapher für eine Fülle an Finsternissen mutmaßen, ein Reich des Bösen, wie es im Märchen legitim und nicht schlicht „rückübersetzbar" ist. Diese Bemerkung lässt sich stützen durch die Einbettung dieses literarischen Zeugnisses in den Schaffensprozess des Autors in jenen Jahren: 1938 war im Rahmen des Bandes „Geschichten aus der Murkelei“ die „Geschichte vom goldenen Taler“ entstanden, in der ein junges Mädchen in den Machtbereich des „Hans Geiz“ gerät und in seinen unterirdischen Verliesen die angehäuften Schätze zu putzen hat. Die Selbstlosigkeit, mit der das Mädchen schließlich den letzten Rest Brot mit dem Putzmännlein teilt, einer anderen von Hans Geiz drangsalierten Kreatur, bringt die Erlösung: Beide werden durch schlichte Menschlichkeit und Zuwendung erlöst und können dem Zugriff der bösen Macht entfliehen. Auch jener Roman, der 1940 – also ein Jahr nach dem Märchen vom „Pechvogel und Glückskind“ erscheint und kaum unter die großen epischen Leistungen Falladas gerechnet wird – gemeint ist „Der ungeliebte Mann“ – verweist auf eine „Zauberberg-Struktur“ ähnlicher Art: Ein junges selbstloses Mädchen gerät in Bindung zu einem hilflosen blinden und bemitleidenswerten Mann, der sich in der späteren Ehe als Tyrann und kaltherziges Scheusal erweist. Nach geraumer Zeit endloser Erniedrigungen, der in einer Art Gefangenschaft Gehaltenen, kann eine solidarische Verschwörung den nahezu magischen Machtzugriff des alten bösen Mannes lösen. Die junge Frau wird befreit und kann nunmehr eine glückliche Beziehung zu einem jungen Mann verwirklichen, der sich wesentlich um ihre Befreiung aus den Händen des unheimlichen Blinden verdient gemacht hat. Die auffallende Märchenstruktur dieses Romans ist bislang kaum beschrieben worden, wohl vor allem deshalb, weil zahlreiche Details des Buches die „Realitätsnähe“ zu Feldberg-Carwitz zu betonen und die allzu schnelle Anbindung des Textes an die Lebenstatsachen des Rudolf Ditzen förmlich zu empfehlen scheinen. So lässt sich selbstverständlich auch der dem psychoanalytischen Zugriff außerordentlich

verpflichtete Jürgen Manthey in seiner frühen Biographie diesen Fund nicht entgehen und interpretiert umgehend: „Es ist leicht, darin eine Dämonisierung der eigenen Triebdurchbrüche Falladas zu erkennen, die auszugleichen ja schon dem Jugendlichen nicht gelang, und die, wie alle Folge- und Sekundärmerkmale dieser vereitelten Trieb-Sublimierung, vom Autor in seinem Werk unter die unberechenbaren und daher bedrohlichen Kräfte gerechnet werden.“ (Rowohlt-Monographie 1963, S. 135) Wendete man diese probate Formel auf die oben benannten beiden Märchen an, wären auch die perverse Welt des Hans Geiz und das Reich der Nebelkrähe jeweils Formen der Dämonisierung Falladascher „Triebdurchbrüche“ – im „Glückskindmärchen“ sogar pikanterweise auf ein weibliches Prinzip, jenes der ‚Nebelkrähe‘, projiziert …
Einleuchtender als die Theorie von der Verwandlung der Autoren-Neurosen in Texte scheint hier die Feststellung von literarischem Konstrukt und damit die Betonung der Leistung des Autors Fallada, der bei stetem Eingeständnis der Finsternisse des Daseins immer um die ethische Botschaft ringt und sie im Märchen mit besonderer Entschlossenheit umsetzt. Und so entschlüsselt sich die Goldtalergeschichte in märchenhafter Schlichtheit, wenn wir das Prinzip Liebe und Mitgefühl sieghaft gegen eine Welt des allgemeinen Raffens und des Geldwertes gesetzt finden. Vertrackter ist es zugegebenermaßen mit dem Finale des hier abgedruckten Märchens von Glückskind und Pechvogel bestellt: Beide finden zueinander, ohne dass dieser Teilsieg als absolutes Happyend etwa die künftigen Gefahren um die Mächte der Finsternis völlig zu überstrahlen vermag. Was herauskommt, ist ein Kompromiss: Der kleine Glücksanspruch, mit dem man angetreten war, lässt sich nur als das kleine

Daseinsglück mit wesentlichen Abstrichen verwirklichen. Das Glückskind wird nunmehr seine Träume aufgeben müssen, seine Heimat bei den Federwolken je wiederzusehen, der Plustervogel aber wird sich nicht mehr stolz in die Lüfte erheben können, denn dort lauert der Machtzugriff der Nebelkrähe. Eine geänderte Welt wird man nicht erreichen, aber die Gewissheit, dass das „kleine Glück" ein Überleben auf dieser Erde ermöglicht. Und selbst das nicht aufgrund von „Verdiensten", sondern als Glücksfall im wahrsten Sinne des Wortes.

Man hört angesichts dieses Schlusses förmlich den berühmten Abgesang des Romans „Kleiner Mann – was nun?", wo Lämmchen ihren durch das Leben gedruckten und gebeutelten Pinneberg ins Haus geleitet: „Und plötzlich ist die Kälte weg, eine unendlich sanfte, grüne Woge hebt sie auf und ihn mit ihr. Sie gleiten empor, die Sterne funkeln ganz nahe; sie flüstert: ‚Aber du kannst mich doch ansehen! Immer und immer! Du bist doch bei mir, wir sind doch beisammen!'"

Dass dieser kleine Text nicht als schlichte sentimentale Vergoldung einer späten Liebe zu verstehen ist und der „Pechvogel" nicht schlechthin mit dem „Unglücksraben" Rudolf Ditzen in eins gesetzt werden kann, erhellt, wenn man eine leicht zu übersehende Gestalt dieses poesievollen Textes näher betrachtet, jene des Dichters. Wenn Fallada sich in diesem Märchen selbst gestaltet, dann weniger im aufgeplusterten Pechvogel, sondern in der mit merklicher Selbstironie gezeichneten Randfigur dieses Poeten, „der im Nachbardorf am Ende des Lechower Sees lebte" (S. 16). Mit „tiefen, traurigen Gedanken" sitzt er am Seeufer, weil ihm „plötzlich der Faden ausgegangen" war und seine Leser ihn drängten …

Von der Begegnung mit Glückskind enthusiasmiert, findet der Dichter seinen „Faden“ wieder, der Schreibfluss kommt erneut in Gang, und ein wenig weltentrückt merkt er nicht einmal, dass er sich auf einem Ameisenhaufen niedergelassen hat. Er schreibt und schreibt und wird schließlich – als die beiden Hauptgestalten in seiner Nähe am sumpfigen Seeufer zu versinken drohen – zum Retter der beiden. „Und siehe da – dieser Dichter war nicht nur ein Schreiberling, er hatte auch praktischen Verstand. Und Kraft. Mit ho ruck brach er einen Birkenast und legte ihn übers Moor …“ Hier scheint nachgerade ein Gleichnis um das Falladasche Schreibkonzept etabliert:
Der Autor lässt seine Gestalten nicht versinken, verhilft ihnen – hier im wörtlichen Sinne – wieder auf den „grünen Zweig“. Mehr freilich kann er nicht für sie tun; eine bessere Welt kann er ihnen weder hinstellen noch verkünden. Dass der gemeinsame Weg der beiden glücklich Vereinten trägt und künftig tragen wird, kann nur im Märchen zugestanden werden und nur angesichts eines Übermaßes an Glück, das eine der beiden Gestalten in unbegrenzter Menge zur Verfügung hat. In diesem Sinne ist auch mancher der Falladaschen Roman-Schlüsse eine märchenhafte Rettungsaktion des Autors, ein hingehaltener rettender Ast, der die Härte für die Helden der Bücher (und damit für den Leser), nicht aber jene der Weltgesetze mildern kann.

Gunnar Müller-Waldeck (geb. 1942),
der Herausgeber, ist Emeritus an der
Ernst-Moritz-Arndt-Universität Greifswald,
Literaturwissenschaftler, Essayist,
Kritiker, Autor.

Marianne Wintersteiner, geb. Portisch, wurde am 20.2.1920 in Mährisch Schönberg (heute Šumperk) geboren und starb am 2.11.2003 in Zwiesel/Bayern. Nach einem Sport- und Pädagogikstudium in Berlin und lebhaftem Engagement bei der „Sudetendeutschen Volksjugend“ in ihrer Heimat geriet sie in Konflikt mit den tschechischen Behörden und setzte sich nach Deutschland ab. Während sie 1938/39 im Kliniksanatorium Hohenlychen eine Sportverletzung auskurierte, lernte sie Hans Fallada kennen, der zu einer Schlafkur im Ort weilte. Im Krieg war sie Rotkreuzschwester. Das schwärmerische Verhältnis der jungen, selber schriftstellerisch tätigen Frau zu dem 27 Jahr Älteren hielt bis 1940 an, als sie sich ob der Aussichtslosigkeit ihrer Zuneigung in eine Ehe flüchtete. Die in ihren schriftstellerischen Anfängen von Fallada geförderte Autorin, später als Flüchtling in Bayern ansässig, entwickelte sich zu einer überaus produktiven Prosaautorin. Aus ihrer Feder stammen zahlreiche Roman-Biographien um prominente historische Frauenschicksale (u.a. über Anna Magdalena Bach, Clara Nordström, Lola Montez, Katharina von Bora, Lou Andreas-Salomé), eine mehrbändige autobiographisch untersetzte Familiensaga, Erzählungen und viele Kinder- und Jugendbücher. Zudem schrieb sie unter dem Titel „So fang es heimlich an“ den bislang unpublizierten Roman ihrer unerfüllten Liebe zu Fallada.

Über ihre Beziehungen zur Kulturbürokratie des Reichsarbeitsdienstes hatte sie 1943, von Fallada unbemerkt, seinen Einsatz als RAD-Sonderführer erwirkt, ihn so vor dem Verdacht eines militärischen

„Drückebergers“ schützend. Von August bis Oktober begleitete Marianne, ausgebildete RAD-Führerin, den Autor zu Hospitationen in Arbeitsdienstlager bei Niemes („Protektorat Böhmen und Mähren“). Eine Art obligatorisches Propaganda-Tagebuch zu führen überließ er weitgehend ihrer Initiative. Über Notizen, von denen sich nichts erhalten hat, scheint es kaum hinausgekommen zu sein. Nichts davon ist erhalten. Ihr Briefwechsel mit Fallada (ebenfalls nicht erhalten) kam gegen Kriegsende zum Erliegen. Von seinem Tod erfuhr sie 1947 aus der Presse.
Das vorliegende Märchen überließ Marianne Wintersteiner 1998 dem Herausgeber zur Erstpublikation.
In Absprache mit ihrer Tochter, Frau Annemone Helmö, Passau, konnte das Pseudonym A. Steiner (das sie ausschließlich für den Fallada-Bezug wählte) aufgehoben werden, was auch dem überlieferten Wunsch der Autorin entsprach.

Die Deutsche Nationalbibliothek verzeichnet diese Publikation
in der Deutschen Nationalbibliografie;
detaillierte bibliografische Daten sind im Internet über
http://dnb.d-nb.de abrufbar.

2. Auflage 2011

Steffen GmbH, Mühlenstraße 72, 17098 Friedland, Tel.: (03 96 01) 274-0
www.steffen-verlag.de; info@steffen-verlag.de

Buchgestaltung: Werner Schinko
Herstellung: Steffen GmbH, Friedland, www.steffendruck.com

ISBN 978-3-941683-02-0